AF613512

NOTICE
DES LIVRES
DU CABINET
DE FEU M. L'ABBÉ DURAND,
PRIEUR D'AUNEUIL,

Dont la vente se fera le Lundi 28 Avril 1788, & jours suivans, à quatre heures de relevée, en la Maison de l'Institution de l'Oratoire, rue d'Enfer, entre les deux barrieres.

Se distribue A PARIS,

Chez De Bure l'aîné, Libraire de la Bibliothèque du Roi & de l'Académie Royale des Inscriptions & Belles-Lettres, hôtel Ferrand, rue Serpente, N°. 6.

M. DCC. LXXXVIII.

NOTICE

Des livres de feu M. l'Abbé DURAND, *Prieur d'Auneuil, dont la vente se fera le Lundi 28 Avril 1788, & jours suivans, à quatre heures de relevée, en la Maison de l'Institution de l'Oratoire, rue d'Enfer, entre les deux barrieres.*

N°. premier. 21 *vol. in-folio, dont,*

SYNESII opera, gr. & lat. edente Petavio. *Lutetiæ, Cramoisy*, 1622, *in-fol.* v. br. . .

Menochii Commentarii in Scripturam Sacram. *Lut. Paris.* 1729, 2 vol. *in-fol.* v. b. - - -

Sanctorum Patrum qui temporibus apostolicis floruerunt, opera, gr. & lat. studio J. Bapt. Cotelerii, recensuit Jo. Clericus. *Amstelædami*, 1724, 2 vol. *in-fol.* v. m. . . . .

Sancti Justini opera, gr. & lat. ex editione Patrum Benedictinorum. *Parisiis*, 1742, *in-fol.* v. m. - - - - - - - - -

Sancti Clementis Alexandrini opera, gr. & lat. studio Jo. Potteri. *Oxonii*, 1715, 2 vol. *in-fol.* v. b. - - - - - - - - -

Origenis opera omnia, gr. & lat. stud. Dom. de la Rue. *Parisiis*, 1733, 4 vol. *in-fol.* v. m. .

Sancti Athanasii opera, gr. & lat. edente Bern. de Montfaucon. *Parisiis*, 1698, 3 vol. *in-fol.* v. b.

Collectio Patrum Græcorum, gr. & lat. cum notis ejusdem. *Paris.* 1706, 2 vol. *in-fol.* v. m.

Photii Bibliotheca, gr. & lat. *Rothomagi*, 1653, *in-fol.* v. b.

J. Casp. Suiceri Thesaurus Ecclesiasticus, gr. & lat. *Amstelædami*, 1728, 2 tom. rel. en 1 vol. *in-fol.* v. f.

N°. II. 23 *vol. in-fol. dont*,

Demosthenis opera, Græçe, cum Scholiis Græcis. *Lutetiæ*, *Sonnius*, 1570, *in-fol.* vel.

Arriani, Expeditionis Alexandri, libri septem, gr. & lat. opera Jac. Gronovii. *Lugd. Bat.* 1704, *in-fol.* vel.

Themistii orationes, gr. & lat. stud. Jo. Harduini. *Parisiis, e Typ. Regia*, 1684, *in-fol.* vel.

Philostrati opera, gr. & lat. edente F. Morello. *Parisiis*, 1608, *in-fol.* v. b.

Appiani Alexandrini Historiæ, Græce. *Parisiis*, *Carol. Stephanus*, 1551, *in-fol.* v. m.

Isocratis Orationes, gr. & lat. edente H. Stephano. *Excudebat H. Stephanus*, 1593, *in-fol.* bas.

The Oceana and others works of James Harrington. *London*, 1747, *in-fol.* v. f. large pap.

An Historical and Chronological deduction of the origin of commerce (by A. Anderson). *London*, 1764, 2 vol. *in-fol.* v. m.

N°. III, 22 *vol. in-fol. dont*,

Histoire de France, par le Gendre. *Paris*, 1718, 3 vol. *in-fol.* v. b.

Demosthenes. Grec. 3#

Philostrate. Grec. 3#

appian. Grec. 3#

anderson. Dastar. 21#

hist. de france de M. le superieur... 18#

Athenäus. Pl. 4to

=

Photius. Plug.

Diodoro Al. Barb. no[to]

Plato. Al. Pl. sof Ctopscher.

Aeschylus Al.

commentarii Budaei. Barth.

Athenæi opera, gr. & lat. *Basileæ*, 1535, *in-fol.* v. b. - - - - - - - - - - 5 ... 1

If. Casauboni animadversiones in Athenæum. *Lugduni*, 1664, *in-fol.* v. b. - - - - - 11 ... 10 D

Photii Epistolæ, Græce, per Rich. Montacutium latîne redditæ. *Londini*, 1651, *in-fol.* v. b. - - - - - - - - - - - - - 10 ... 4 D

Imago primi sæculi Societatis Jesu. *Antuerpiæ*, 1640, *in-fol.* vel.
Historia Societatis Jesu, auctore Nic. Orlandino, &c. *Antuerpiæ*, 1620, 7 vol. *in-fol.* v. b. } 27 ...

Histoire de l'Empire de Constantinople, par Villehardouin. *Paris*, 1657, *in-fol.* v. b. - - - 4 ... 12

N°. IV. 17 *vol. in-fol. dont*,

Diodori Siculi Bibliotheca Historica, gr. & lat. recensuit Pet. Wesselingius. *Amstelodami*, 1745, 2 vol. *in-fol.* v. m. - - - - - - 95 ... 19 D

Platonis opera omnia, Græce, ex nova Jo. Serrani interpretatione. *Excudebat H. Stephanus*, 1578, 3 tom. rel. en 2 vol. *in-fol.* v. b. l. r. - - - - - - - - - - 300 ... D

Æschyli Tragœdiæ septem, Græce cum Scholiis Græcis, versione & commentario Th. Stanleii. *Londini*, 1664, *in-fol.* v. b. - - - 145 ...

Pindari opera, Græce, cum latina versione Nic. Sudorii. *Oxonii*, 1697, *in-fol.* v. b. - - - 94 ... 1.

Dionis Chrysostomi orationes, gr. & lat. ex recognitione Fed. Morelli. *Lutetiæ*, 1604, *in-fol.* v. b. - - - - - - - - - 17 ...

Commentarii linguæ Græcæ, Guil. Budæo auctore. *Parisiis, Rob. Stephanus*, 1548, *in-fol.* rel. en peau de truie, lavé reglé. - - - - 29 ... 19 D

Libanii Sophistæ præludia oratoria, gr. & lat. Fed. Morellus edidit. *Parisiis*, 1606, 2 vol. *in-fol.* v. b.

Libanii Sophistæ Epistolæ, gr. & lat. cum notis J. Christ. Wolfii. *Amstelodami*, 1738, *in-fol.* v. m.

M. Fab. Quinctiliani Institutiones oratoriæ, recensuit Claudius Capperonerius. *Parisiis*, 1725, *in-fol.* v. f.

N°. V. 18 *vol. in-fol. dont*;

Dictionnaire historique, par P. Bayle. *Rotterdam*, 1720, 4 vol. *in-fol.* v. b.

Supplément au Dictionnaire de Bayle, par J. G. Chaufepié. *Amsterdam*, 1750, 4 vol. *in-fol.* v. b.

Dictionnaire de l'Académie Françoise. *Paris*, 1762, 2 vol. *in-fol.* demi-reliure.

Dictionnaire Géographique, par la Martiniere. *Paris*, 1768, 6 vol. *in-fol.* demi-reliure.

N°. VI. 20 *vol. in-fol. dont*,

L'Antiquité expliquée, par Dom Bern. de Montfaucon. *Paris*, 1719, 10 vol. *in-fol.* fig. gr. pap. v. b.

Supplément au livre de l'Antiquité expliquée, par le même. *Paris*, 1724, 5 vol. *in-fol.* fig. gr. pap. v. b.

Les Monumens de la Monarchie Françoise, par le même. *Paris*, 1729, 5 vol. *in-fol.* fig. gr. pap. v. b.

Libanius. Vill. he[to]

Quintilianus. AC. Vill. ae[tt]

Monnus AC. Min.

Thucydides. AC. +

Josephus. AC. +

Eusebii praeparatio. 2 vol. Ric.

Polybius. m. Barb. hi[to]

N°. VII. 13 *vol. in-fol. dont*,

Thucydidis de bello Peloponesiaco, libri octo, gr. & lat. edente And. Dukero. *Amstelodami*, 1731, *in-fol.* v. m.

Philonis Judæi opera, gr. & lat. edente Ad. Turnebo. *Lut. Paris.* 1640, *in-fol.* v. f. ch. mag.

Flavii Josephi opera omnia, gr. & lat. edente Sig. Havercampo. *Amstelodami*, 1726, 2 vol. *in-fol.* v. m.

Juliani imperatoris opera, gr. & lat. edente E. Spanhemio. *Lipsiæ*, 1696, *in-fol.* v. m.

Sti Gregorii Nazianzeni opera, gr. & lat. recensuit Jac. Billius Prunæus. *Parisiis*, 1630, 2 vol. *in-fol.* v. b.

Eusebii Pamphili Evangelicæ preparationis libri XV, Græce. *Lutetiæ*, *Rob. Stephanus*, 1544, *in-fol.* v. f.

Eusebii Pamphili præparatio ac demonstratio Evangelica, gr. & lat. edente Fr. Vigero. *Parisiis*, 1628, 2 vol. *in-fol.* v. f.

N°. VIII. 13 *vol. in-fol. dont*,

Beati Theodoreti opera omnia, gr. & lat. cura Jac. Sirmondi. *Lut. Paris.* 1642, 5 vol. *in-fol.* v. br.

S. Joannis Chrysostomi opera, Græcè, edente Savilio. *Etonæ*, 1612, 8 vol. *in-fol.* v. b.

N°. IX. 15 *vol. in-fol. dont*,

Polybii Historiæ, gr. & lat. ex recensione &

cum notis If. Cafauboni. (*Parifiis*). *Typis Wechelianis*, 1619, *in-fol.* vel.

Leges atticæ, Sam. Petitus collegit, Pet. Weffelingius recenfuit. *Lugd. Bat.* 1742, *in-fol.* v. m.

Annales Veteris & Novi Teftamenti, Jacobo Ufferio digeftore. *Genevæ*, 1722, *in-fol.* v. f.

L'art de vérifier les dates. *Paris*, 1770, *in-fol.* v. éc.

Le même art de vérifier les dates. *Paris*, 1783, 5 parties *in-fol.* br.

Caffii Dionis Hiftoriæ, gr. & lat. ex recenfione Sam. Reimari. *Hamburgi*, 1750, 2 vol. *in-fol.* v. m.

Dionyfii Halicarnaffenfis Antiquitates Romanæ, gr. & lat. ex recenfione Jo. Hudfoni. *Oxoniæ*, 1704, 2 vol. *in-fol.* v. b.

Luciani Samofatenfis opera, gr. & lat. edente J. Bourdelotio. *Lut. Parif.* 1615, *in-fol.* v. b.

Jo. Scapulæ Lexicon græco-latinum. *Amftelodami*, *Lud. Elzevirius*, 1652, *in-fol.* v. m.

N°. X. 18 *vol. in-fol. dont*,

Archæologia Græca, per Jo. Potterum. *Lugd. Bat.*, 1702, *in-fol.* fig. v. b.

Le petit Atlas Maritime, par Bellin. *Paris*, 1764, 5 vol. *in-fol.* v. éc.

Xenophontis opera omnia, gr. & lat. *Excudebat Henr. Stephanus*, 1561, *in-fol.* vel.

Ejufdem Xenophontis opera gr. & lat. edente Leunclavio. *Lut. Parif.* 1625, *in-fol.* v. b.

Thucydidis Hiftoriæ gr. & lat. interprete Laur.

Leges atticæ. Desf. ce qu'il vaut. Pastor. tolerare

art de dat. Suel. ch. Constanc. Bm[te]

Dionysius halic. AC.
Lucianus. AC.

archæologia AC.

Xenophon. bon marché. Desf.

Thucydides. bon marché. – Desf. ou l'autre édition.

Thucydides. bon marché Drese Periouian ou l'autre.

Pausanias. Barb. ke[tt] ~~M~~.

Herodote. bon marché. Dres. Livre ou l'autre edition.

Diodorus Wesselingii. AC.

Stephanus. Ric. M.

Eustathius. AC.

Valla. *Excudebat H. Stephanus*, 1564, *in-fol.* vel.

Ejusdem Historiæ, gr. & lat. *Excudebat H. Stephanus*, 1588, *in-fol.* v. b.

Pausaniæ, Græciæ Descriptio, gr. & lat. cum notis Joachimi Kuhnii. *Lipsiæ*, 1696, *in-fol.* v. b.

Herodoti Historiæ, gr. & lat. ex recognitione H. Stephani. *Excudebat H. Stephanus*, 1570, *in-fol.* vel.

Ejusdem Historiæ, gr. & lat. *Oliva Pauli Stephani*, 1618, *in-fol.* vel.

Ejusdem Historiæ, gr. & lat. ex recensione Th. Gale. *Londini*, 1679, *in-fol.* vel.

Ejusdem Historiæ, gr. & lat. cum notis Pet. Wesselingii. *Amstelodami*, 1763, *in-fol.* v. m.

Géographie ancienne abrégée, par d'Anville. *Paris*, 1769, *in-fol.* br. avec les cartes.

N°. XI. 12 vol. *in-fol. dont*,

Stephanus Byzantinus de Urbibus, gr. & lat. edente Jac. Gronovio. *Amstelodami*, 1725, *in-fol.* v. m.

Demosthenis & Æschinis opera, gr. & lat. edente H. Wolfio. *Francofurti*, 1604, *in-fol.* v. b.

Basilii Fabri Thesaurus Eruditionis Scholasticæ, cum notis Jo. G. Grævii. *Lipsiæ*, 1710, *in-fol.* v. m.

Pub. Virgilii Maronis opera, cum notis Jo. Lud. de la Cerda. *Lugduni*, 1612, 3 v. *in-fol.* v. b.

Eustathii Commentarii in Homerum, Græce. *Romæ*, *Bladus*, 1542, 4 vol. *in-fol.* v. b.

N°. XII. 15 *vol. in-fol. dont*,

Ariſtophanis Comœdiæ, gr. & lat. edente Lud. Kuſtero. *Amſtelodami*, 1710, *in-fol.* v. m.

Lilii Gregorii Gyraldi opera omnia. *Lugd. Bat.* 1696, *in-fol.* v. m.

Fr. Vavaſſoris opera omnia. *Amſtelodami*, 1709, *in-fol.* v. f.

Angeli Politiani opera omnia. *Venetiis, in ædibus Aldi*, 1498, *in-fol.* v. b. Premiere édition.

Fr. Junii de Pictura veterum libri tres. *Roterodami*, 1694, *in-fol.* v. b.

Numiſmata ærea Imperatorum, &c. in Coloniis, Municipiis, &c. auctore Jo. Foy Vaillant. *Pariſiis*, 1708, *in-fol.* v. b.

N°. XIII. 21 *vol. in-fol. dont*,

Euſebii Pamphili Hiſtoria Eccleſiaſtica, Græce. *Lut. Pariſ. Rob. Stephanus*, 1544, *in-fol.* velin.

Epigrammata Græca, gr. & lat. cum annotationibus Jo. Brodæi. *Francofurti*, 1600, *in-fol.* v. m.

Euſebii Pamphili & aliorum Hiſtoria Eccleſiaſtica, gr. & lat. ex recenſione Guil. Reading. *Cantabrigiæ*, 1720, 3 vol. *in-fol.* veau fauve ch. mag.

Onomaſticon Urbium & locorum ſacræ Scripturæ, ex recenſione Jo. Clerici. *Amſtelodami*, 1711, *in-fol.* v. m.

Bibliotheca veterum Patrum, gr. & lat. *Pariſiis*, 1624, 2 vol. *in-fol.* v. b. ch. mag.

Aristophanes. ac.

Politianus. ac.

junius. ac.

Numismata. Barb. autt

Plutarchus. AC. Barb. 120*

oeuvres d'arnauld M. la superieure.

Theocritus. AC.

Sanсti Joannis Chryſoſtomi opera, gr. & lat. ſtudio Dom Bern. de Montfaucon. *Pariſiis*, 1718, 13 vol. *in-fol.* v. m. . . . . . .

N°. XIV. 11 *vol. in-fol. dont*,

Hiſtoire du Concile de Trente, traduit de Fra Paolo, par le Pere le Courayer. *Londres*, 1736, 2 vol. *in-fol.* v. f. . . . . . .

Plutarchi opera omnia, gr. & lat. cum annotationibus Jo. Rualdi. *Lut. Pariſ. Typis Regiis*, 1624, 2 vol. *in-fol.* v. b. . . .

Ariſtotelis opera omnia, gr. & lat. ex recenſione Guil. Duval. *Lut. Pariſ. Typis Regiis*, 1629, 2 tom. rel. en 3 vol. *in-fol.* v. b. ch. mag. . . . .

N°. XV. 45 *vol. in-4.*

Œuvres completes de M. Antoine Arnauld. *Paris*, 1775, 45 vol. *in-4.* v. m. gr. pap.

N°. XVI. 36 *vol. in-4. & in-8, dont*,

Pindari opera, gr. & lat. edente Jo. Benedicto. *Salmurii*, 1620, *in-4.* vel. . . . .

Heſiodi opera; Orphæi & Procli Hymni, gr. & lat. & italicè, accurante Ant. Zanolini. *Patavii*, 1747, *in-8.* v. m. . . . . . .

Theocriti quæ extant, cum Græcis Scholiis & notis variorum, gr. & lat. *Oxonii*, 1699, *in-8.* v. b. . . . .

Zozymi Hiſtoriæ, gr. & lat. cum notis variorum. *Oxonii*, 1679, *in-8.* vel. . . . .

Arriani & Hannonis Periplus, &c. Græce. *Basileæ*, 1533, *in*-4. vel.

Florilegium diverſorum Epigrammatum, Græce, edente H. Stephano. *Excudebat H. Stephanus*, 1566, *in*-4. vel.

Opuſcula Mythologica, gr. & lat. cum notis variorum. *Amſtelodami*, 1688, *in*-8. vel.

Callimachi Hymni & Epigrammata, gr. & lat. ad uſum Delphini, cum notis Annæ, Tanaquilli Fabri filiæ. *Pariſiis*, 1675, *in*-4. vel.

Decade, contenant les Vies des Empereurs Trajanus, &c. extraites de pluſieurs Auteurs Grecs, Latins, &c. par Ant. Allegre. *Paris*, *Vaſcoſan*, 1556, *in*-4. vel. l. r.

N°. XVII. 32 *vol. in*-4. *& in*-8. *dont*,

Panegyrici Veteres, cum notis Jac. de la Baune, ad uſum Delphini. *Pariſiis*, 1676, *in*-4. v. b.

Homeri Gnomologia, gr. & lat. per Jac. Duportum. *Cantabrigiæ*, 1660, *in*-4. v. b.

Diſcours ſur l'Hiſtoire Univerſelle, par Boſſuet. *Paris*, *Cramoiſy*, 1681, *in*-4. v. b.

De Elegantiori Latinitate comparanda Scriptores Selecti, ſtudio Rich. Ketelii. *Amſtelodami*, 1613, *in*-4. v. b.

Anacreontis Odæ & Fragmenta, gr. & lat. cum notis Jo. Corn. de Paw. *Trajecti ad Rhenum*, 1732, *in*-4. v. m.

Opus ſex dierum, ſeu Mundi opificium, G. Piſidæ Poema, gr. & lat. edidit Fed. Morellus. *Lutetiæ*, *Fed. Morellus*, 1584, *in*-4. vel.

M. Decade. M.

Bossuet. M. le supérieur.. 9^{tt}

Anacreon. AC.

Centaurée. Bleu.

Hist. de Rich. Simon m. le [illegible] 24#

Vies de St Basile. m. le [illegible] 27#

Centuriæ Proverbiorum, gr. & lat. collectæ à Mich. Apoſtolio. *Lugd. Bat. apud Elzevirios*, 1653, *in*-4. v. b. - - - - - - -

N°. XVIII. 30 *vol. in*-4. *dont*,

Hiſtoire critique du vieux Teſtament, par Richard Simon. *Rotterdam*, 1685, 6 vol. *in*-4. v. b. - - - - - - - - - -

Œuvres de Boſſuet. *Paris*, 1748, 20 vol. *in*-4. v. m. - - - - - - - - - - -

N°. XIX. 34 *vol. in*-4. *dont*,

Hiſtoire de l'Egliſe, par l'Abbé de Choiſy. *Paris*, 1740, 11 vol. *in*-4. v. b. - - - -

Hiſtoire générale des Auteurs Sacrés & Eccléſiaſtiques, par Dom Remi Cellier. *Paris*, 1729, 23 vol. *in*-4. v. b. - - - - - - - -

N°. XX. 26 *vol. in*-4. *dont*,

Les Vies de S. Baſile, de Saint Athanaſe, &c. par Hermant. *Paris*, 1674, 6 vol. *in*-4. v. b. .

Hiſtoire des Conciles de Piſe, Baſle & Conſtance, par Jacques L'Enfant. *Utrecht*, 1731, 7 vol. *in*-4°. fig. v. m. - - - - - - - - - -

Abrégé de l'Hiſtoire Eccléſiaſtique, par Racine. *Cologne*, 1762, 13 vol. *in*-4. v. m. - - - - -

N°. XXI. 43 *vol. in*-4.

Hiſtoire de l'Académie Royale des Inſcriptions & Belles-Lettres. *Paris, de l'Imprimerie Royale*, 1736, 43 vol. *in*-4. v. m. . . .

N°. XXII. 22 vol. *in*-4. *dont*,

Jo. Nicolai libri IV de Sepulturis Hebræorum. *Lugd. Bat.* 1706, *in*-4. v. m.

Fr. Ott. Menckenii Hiſtoria vitæ & in litteras meritorum Angeli Politiani. *Lipſiæ*, 1736, *in*-4. v. m.

Heſiodi Aſcræi quæ ſuperſunt, gr. & lat. cum notis variorum, edidit Th. Robinſon. *Oxonii*, 1737, *in*-4. v. m.

Lyſiæ Orationes, gr. & lat. ex recenſione Jo. Taylor. *Londini*, 1739, *in*-4. v. m.

Euripidis Tragœdiæ, gr. & lat. cum Scholiis Græcis, & notis variorum. *Excudebat P. Stephanus*, 1602, 3 vol. *in*-4. v. m.

Pindari opera, gr. & lat. cum Scholiis Græcis. *Oliva P. Stephani*, 1599, 2 vol. *in*-4. v. m.

Homeri Ilias & Odyſſæa, Græce, cum Scholiis Græcis. *Baſileæ, in officina Hervagiana*, 1541, *in*-4. v. b.

Ejuſdem Homeri opera, gr. & lat. cum Scholiis Græcis Didymi. *Amſtelodami, ex officina Elzeviriana*, 1656, 2 vol. *in*-4. v. b.

Ejuſdem Homeri opera, gr. & lat. ſtudio Joſ. Barnes. *Cantabrigiæ*, 1711, 2 vol. *in*-4. v. b.

Ejuſdem Homeri opera, gr. & lat. edidit Sam. Clarke. *Londini*, 1754, 2 vol. *in*-4. v. m.

Longinus de ſublimitate, gr. & lat. edente Jac. Tollio. *Trajecti ad Rhenum*, 1694, *in*-4. v. b.

Idem Longinus, gr. & lat. edente Zach. Pearce. *Londini*, 1724, *in*-4. v. m. ch. mag.

Hesiodus. AC.

Lysias. AC.
Euripides. bon marché. Pref. +

homere clarke. AC.
Longinus Tollii. Vill. mh[tt]

Longinus. Pearce. AC. vill. ai[tt]

Longinus. Bodl. 15tt

Sophocles. M.

Pindaricum Lexicon. Vill. amt.

Arrianus. AC.

Polybii excerpta. Barb. Ntt + Nt

Idem Longinus, gr. & lat. ex recenſione Joan. Toupii. *Oxonii*, 1778, *in*-4. br.

N°. XXIII. 17 *vol. in*-4. *&* *in*-8. *dont*,

Longi Paſtoralia de Daphnide & Chloe, gr. & lat. edidit & notis illuſtravit Jo. Bapt. Caſp. Danſſe de Villoiſon. *Pariſiis*, *Debure*, 1778, 2 vol. *in*-8. br. ch. mag. tiré ſur papier *in*-4.

Sophoclis Tragœdiæ ſeptem, Græce. *Glaſguæ*, *Foulis*, 1745, *in*-4. v. m.

Appiani Alexandrini Hiſtoriæ, gr. & lat. cum notis variorum. *Amſtelodami*, 1670, 2 vol. *in*-8. v. b.

Pindaricum Lexicon, gr. & lat. auctore Æmilio Porto. *Hanoviæ*, 1606, *in*-8. v. f.

Arrianus de Expeditione Alexandri Magni, gr. & lat. cum notis variorum. *Amſtelodami*, 1757, 2 vol. *in*-8. v. m.

Demoſthenis & Æſchinis orationes ſelectæ, gr. & lat. *Oxonii*, 1721, *in*-8. v. éc.

Xenophontis de Cyri inſtitutione libri octo, gr. & lat. ex recenſione Th. Hutchinſon. *Oxonii*, 1727, *in*-4. v. f.

Ejuſdem de Cyri expeditione libri ſeptem, gr. & lat. recenſente eodem. *Oxonii*, 1735, *in*-4. v. b.

Polybii, Diodori Siculi, &c. excerpta, gr. & lat. H. Valeſius edidit. *Pariſiis*, 1634, *in*-4. baſ.

C. Julii Cæſaris quæ extant, interpretatione & notis illuſtravit Jo. Goduinus, in uſum Delphini. *Lut. Pariſ.* 1678, *in*-4. v. b.

Titi-Livii Hiſtoriarum libri ſuperſtites, recenſuit & notis illuſtravit J. B. Crevier. *Pariſiis*, 1735, 6 vol. *in*-4. v. m.

N°. XXIV. 22 *vol. in*-4. *dont*;

Histoire Ecclésiastique, par Tillemont. *Paris*, 1693, 16 vol. *in*-4. v. b.
Histoire des Empereurs, par le même. *Paris*, 1701, 6 vol. *in*-4. v. b.

N°. XXV. 22 *vol. in*-4. *dont*,

Histoire de la réformation, par Sleidan, trad. par P. Fr. le Courrayer. *La Haye*, 1767, 3 vol. *in*-4. br.

Histoire de Polybe, trad. par Dom Vinc. Thuillier, avec les Commentaires de Folard. *Paris*, 1727, 6 vol. *in*-4. fig. v. m.

Diogenes Laertius de vitis Philosophorum, gr. & lat. cum notis Ægid. Menagii. *Amstelodami*, 1692, 2 vol. *in*-4. v. b.

Mémoires sur l'Egypte ancienne & moderne, par d'Anville. *Paris*, 1766, *in*-4. v. m.

Etats formés en Europe après la chûte de l'Empire Romain en Occident, par le même. *Paris*, 1771, *in*-4. v. m.

L'Euphrate & le Tigre, par le même. *Paris*, 1779, *in*-4. br.

Notice de l'ancienne Gaule, par le même. *Paris*, 1760, *in*-4. v. m.

Pausanias, ou Voyage historique de la Grèce, trad. par Gedoyn. *Paris*, 1731, 2 vol. *in*-4. v. m.

Lexicon Græcum Etymologicon, gr. & lat. collegit Christ. Tob. Damm. *Berolini*, 1774, 2 vol. *in*-4. v. m.

N°.

Hist. de la reformation. Plug.

Mem. sur l'Egypte. M. de Sacy Al[t] an plus

Etats d'Europe 4to M. le superieur 8to

l'Euphrate. M.

Lexicon. Dunim. Al.

Max. Tyrius. AC. Ric.

Aelianus de animalibus. AC.

- - - hist. varia. AC.

hist. Stolo. Barb. ae

municipuata imp. Barb. ai

a feciidarum &c. Barb. au

Meursius. AC.

N°. XXVI. 23 *vol. in-4. dont,*

Maximi Tyrii Dissertationes, gr. & lat. ex recensione Jo. Davisii. *Londini*, 1740, *in-4*. vel.

C. Plinii secundi Epistolæ, cum notis variorum, edente P. Dan. Longalio. *Amstelodami*, 1734, *in-4*. v. m.

Ælianus de natura animalium, gr. & lat. curante Ab. Gronovio. *Londini*, 1744, 2 vol. *in-4*. v. m.

Cl. Æliani Sophistæ varia historia, gr. & lat. curante Ab. Gronovio. *Lugd. Bat.* 1731, 2 tom. rel. en 1 vol. *in-4*. vel.

Quinti Curtii Rufi de rebus gestis Alexandri magni libri superstites, curavit H. Snakenburg. *Delphis*, 1724, *in-4*. vel.

Seleucidarum Imperium, per Jo. Foy Vaillant. *Hagæ Comitum*, 1732, *in-fol.* v. m.

Historia Ptolomæorum Ægypti, per Jo. Vaillant. *Amstelodami*, 1701, *in-fol.* v. m.

Numismata Imperatorum, Augustorum & Cæsarum, &c. per Jo. Vaillant. *Amstelodami*, 1700, *in-fol.* v. m.

Arsacidarum Imperium, per Jo. Foy Vaillant. *Parisiis*, 1725, 2 vol. *in 4*. v. m.

Jo. Meursii Glossarium Græco-Barbarum. *Lugd. Bat.* 1614, *in-4*. v. b.

N°. XXVII. 20 *vol. in-4. dont,*

Pub. Ovidii Nasonis opera, cum notis Pet. Burmanni. *Amstelodami*, 1727, 4 vol. *in-4*. v. m.

B

Pub. Virgilii Maronis opera, cum notis P. Maſvicii. *Venetiis*, 1736, 2 vol. *in*-4. br.

Ejuſdem. Pub. Virgilii Maronis opera, cum notis Car. Ruæi, ad uſum Delphini. *Pariſ.* 1682, *in*-4. v. b.

Notitia orbis antiqui, auctore Chriſt. Cellario. *Lipſiæ*, 1701, 2 vol. *in*-4. v. b.

Les Antiquités Romaines de Denis d'Halicarnaſſe, trad. par Bellanger. *Paris*, 1723, 2 vol. *in*-4. gr. pap. v. m.

N°. XXVIII. 40 *vol. in*-4. *dont*,

Hiſtoire de l'ancien & du nouveau Teſtament, par Dom Calmet. *Paris*, 1737, 4 vol. *in*-4. v. m.

Hiſtoire Eccléſiaſtique, par Fleury. *Paris*, 1691, 36 vol. *in*-4. v. b.

N°. XXIX. 37 *vol. in*-4. *dont*,

Dictionnaire de la Bible, par Dom Calmet. *Geneve*, 1730, 4 vol. *in*-4. v. b.

Conférences Eccléſiaſtiques, par Duguet. *Cologne*, 1742, 2 vol. *in*-4. v. m.

Apollonii Sophiſtæ Lexicon Iliadis & Odyſſeæ, Græcè, cum verſione Latina, & notis J. B. Danſſe de Villoiſon. *Lut. Pariſ.* 1773, 2 vol. *in*-4. v. m.

G. Buchanani opera omnia, curante Th. Ruddimanno. *Lugd. Bat.* 1725, 2 vol. *in*-4. v. m.

C. J. Cæſaris opera, cura Franc. Oudendorpii. *Lugd. Bat.* 1737, 2 vol. *in*-4. v. m.

Dict. de la Bible. M. le superieur 25tt

Duguet. M. le superieur 15tt

Harpocration. AC. Barb. 5th

Lomeierus. AC.

Nummi antiqui Barb. 10th

Damascenus. AC.

Thesaurus Linguæ Græcæ, studio G. Robertson. *Cantabrigiæ*, 1676, *in*-4. v. b.

Æschyli Tragœdiæ, Græce, cum Scholiis Græcis. *Ex Officina H. Stephani*, 1557, *in*-4. v. b.

Harpocrationis Lexicon, gr. & lat. stud. H. Valesii. *Lugd. Bat.* 1683, *in*-4. v. b.

Sophoclis Tragœdiæ, Græce. *Parisiis, Ad. Turnebus*, 1553, *in*-4. m. r.

Alb. Rubeni de re vestiaria veterum libri duo. *Antuerpiæ*, 1665, *in*-4. fig. v. b.

Jo. Lomeieri de veterum gentium lustrationibus Syntagma. *Zutphaniæ*, 1700, *in*-4. v. b.

N°. XXX. 17 *vol. in-fol. & in-4. dont*,

C. Corn. Taciti opera, ex recensione & cum notis Gab. Brotier. *Parisiis*, 1771, 4 vol. *in*-4. v. éc.

Nummi antiqui familiarum Romanarum, per J. Vaillant. *Amstelædami*, 1703, 2 vol. *in-fol.* v. m.

Demosthenis opera, gr. & lat. ex recensione & cum notis J. Taylor. *Cantabrigiæ*, 2 vol. *in*-4. v. m.

M. Tullii Ciceronis opera omnia, cum delectu Commentariorum, studio Josephi Oliveti. *Parisiis*, 1740, 9 vol. *in*-4. v. m.

N°. XXXI. 20 *vol. in*-4. *dont*,

Vetus Testamentum, Græce, edidit Lambertus Bos. *Franequeræ*, 1709, 2 vol. *in*-4. m. r. l. r.

Novum Testamentum, gr. & lat. cum commentario & notis Bald. Walæi. *Amstelodami*, 1662, 2 vol. *in*-4. v. b.

Excerpta ex Tragœdiis & Comœdiis græcis, gr. & lat. ſtud. H. Grotii. *Pariſiis*, 1626, *in*-4. v. b.

Luciani Samoſatenſis opera, gr. & lat. edente Jo. Fr. Reitzio. *Amſtelodami*, 1743, 3 vol. *in*-4. m. r. ch. mag.

Index Luciani, à Car. Corn. Reitzio. *Trajecti ad Rhenum*, 1746, *in*-4. br.

Æſchyli Tragœdiæ, gr. & lat. curante Jo. Corn. de Paw. *Hagæ Comitum*, 1745, 2 vol. *in*-4. m. r.

Dictis Cretenſis de bello Trojano, interpretatione & notis illuſtravit Anna, Tanaquilli Fabri filia, in uſum Delphini. *Lutetiæ Pariſiorum*, 1680, *in*-4. m. r.

Plutarchi vitæ parallelæ illuſtrium virorum, Græce. *Florentiæ, in ædibus Ph. Juntæ*, 1517, *in-fol.* v. b. *premiere édition.*

Ejuſdem Plutarchi vitæ parallelæ, gr. & lat. recenſuit Aug. Bryanus. *Londini*, 1729, 5 vol. *in*-4. v. m.

Ejuſdem Plutarchi Apophtegmata, gr. & lat. *Londini*, 1741, *in*-4. v. m.

N°. XXXII. 30 *vol. in-fol. & in*-4., dont,

Sancti Baſilii opera, gr. & lat. edente Juliano Garnier. *Pariſiis*, 1721, 3 vol. *in-fol.*

Heſychii Lexicon, Græce, ex recenſione & cum animadverſionibus Jo. Alberti. *Ludg. Bat.* 1746, 2 vol. *in-fol.*

Julii Pollucis Onomaſticon, gr. & lat. ex recen-

excerpta. Prof. sou prix.

Lucianus. AC.

Pindare. AC.

Aeschylus. Ric.

Dictys. Prof.

Plutarchus florentiae ex Lascaris 24 à 30tt

Hesychius AC.

Pollux. AC.

Thesaurus. AC. Ric.

Suidas. AC. Ric.

hist. de france. ch. de Castan.

ſione Tib. Hemſterhuiſii. *Amſtelodami*, 1706, 2 vol. *in-fol.*

H. Stephani Theſaurus Linguæ Græcæ. *Excudebat H. Stephanus*, 1572, 5 vol. *in-fol.*

Hippocratis opera, gr. & lat. ſtud. Aniſii Foeſii. *Francofurti*, 1595, *in-fol.*

Suidæ Lexicon, gr. & lat. ſtudio Ludolphi Kuſteri. *Cantabrigiæ*, 1705, 3 vol. *in-fol.*

Poetæ Græci principes, Græce, edente H. Stephano. *Pariſiis*, 1566, *in-fol.*

Jo. Alb. Fabricii Bibliotheca Græca. *Hamburgi*, 1718, 14 vol. *in-4.*

N°. XXXIII. *55 vol. in-12.*

Œuvres de Nicole. *Paris*, 1741, 25 vol. *in-12.* v. b.

Hiſtoire de France, par Velly, Villaret & Garnier. *Paris*, 1763, 30 vol. *in-12.* br.

N°. XXXIV. 32 *vol. in-8. & in-12. dont,*

Herodoti Hiſtoriæ, gr. & lat. *Glaſguæ, Foulis*, 1761, 9 vol. *in-8.* v. f.

Thucydidis Bellum Peloponeſiacum, gr. & lat. *Glaſguæ, Foulis*, 1759, 8 vol. *in-8.* v. f.

Xenophontis Græcorum res geſtæ, gr. & lat. *Glaſguæ, Foulis*, 1762, 4 vol. *in-8.* v. f.

Dictionarium, græco-latinum, ab Æmilio Porto. *Francofurti*, 1603, *in-8.* v. f.

Menagiana. *Paris*, 1729, 4 vol. *in-12*, v. m.

Le Théâtre des Grecs, par le P. Brumoy. *Paris*, 1749, 6 vol. *in-12*, v. m.

N°. XXXV. 43 *vol. in-12.*

Mémoires pour servir à l'Histoire des Hommes Illustres, par le P. Niceron. *Paris*, 1729, 43 vol. *in-12*. v. b.

N°. XXXVI. 52 *vol. in-12. dont*,

La sainte Bible, trad. par de Sacy. *Paris*, 1700, 16 vol. *in-12*. v. b.

Sermons de Bossuet. *Paris*, 1772, 9 vol. *in-12*. v. m.

Sermons de Bourdaloue. *Paris*, 1716, 13 vol. *in-12*. v. m.

Sermons de Massillon. *Paris*, 1745, 15 vol. *in-12*. v. m.

N°. XXXVII. 34 *vol. in-4. dont*,

Biblia Sacra. *Parisiis*, *Vitré*, 1666, *in-4*. veau brun.

Commentaire sur tous les livres de l'ancien & du nouveau Testament, par Dom Calmet. *Paris*, 1707, 23 vol. *in-4*. v. b.

Introduction à l'Histoire des Juifs, par Rob. Cleyton. *Leyde*, 1752, *in-4*. v. m.

Histoire des Juifs, par Prideaux. *Amsterdam*, 1744, 2 vol. *in-4*. v. m.

Analecta Græca. *Lut. Paris*. 1688, 3 vol. *in-4*. v. b.

De la Recherche de la Vérité, par Malebranche. *Paris*, 1712, 2 vol. *in-4*. v. m.

~~Petite Bible~~
Sermons de Bossuet. M. le Supérieur 18 à 20 ₶
Bourdaloue. Vill. 50 ₶
Sermons de Massillon chez de Castaing. 40 ₶

Hist. des Juifs. Vill. 21 ₶
Analecta. All. il en faut un petit papier.

Diurnale. M. le supérieur 5[#]
Missel. M. le supérieur. 6[#]
l'année chrétienne M. le supérieur 18[#]

[illegible]. [illegible]. relever les 2. exemp. bon marché.

N°. XXXVIII. 62 *vol in-12. dont,*

Breviarium Parisiénse. *Parisiis*, 1736, 4 vol. *in*-12. m. n. 10 4

Diurnale Parisiense. *Parisiis*, 1771, 4 vol. *in*-12. v. m. . . . . 5 ... 19

Missel de Paris. *Paris*, 1738, 4 vol. *in*-12. v. m. 7 10

L'Année Chrétienne, par M. le Tourneux. *Paris*, 1718, 13 vol. *in*-12. v. m. 19

N°. XXXIX. 54 *vol. in-12. dont,*

Histoire des Empereurs, par Crevier. *Paris*, 1763, 12 vol. *in*-12. v. m. . . . . . . 24 ....

C. Corn. Taciti opera, ex recensione G. Brotier. *Parisiis*, 1776, 7 vol. *in*-12. v. f. . . 15 ...

Histoire Ancienne, par Rollin. *Paris*, 1731, 14 vol. *in*-12. v. b. . . . . 25 ... 19

Histoire Romaine, par le même. *Paris*, 1738, 16 vol. *in*-12. v. b. . . . . 25 ... 19

N°. XL. 60 *vol. in-8.*

Bibliotheque des Auteurs Ecclésiastiques, par du Pin. *Paris*, 1698, 60 vol. *in*-8. v. b. . . 43 ... 19

N°. XLI. 28 *vol. in-8. & in-12. dont,*

Luciani Samosatensis opera, gr. & lat. ex recensione Jo. Benedicti. *Salmurii*, 1619, 2 vol. *in*-8. v. b. . . . . 8 ... 19

L. Annæi Senecæ opera, cum notis variorum. . 48 4

Lucianus. 2 vol. Double . . . . 9 ... 2

Amstelodami, Dan. Elzevirius, 1673, 3 vol. *in*-8. v. b.

Les Georgiques de Virgile, trad. en vers François, par M. de Lille. *Paris*, 1770, *in*-8. fig. br.

M. Tullii Ciceronis opera, recensuit J. Nic. Lallemand. *Parisiis, Barbou*, 1768, 14 vol. *in*-12. v. m.

N°. XLII. 31 *vol. in*-8. *dont*,

Plutarchi opera omnia, gr. & lat. edente Jo. Jac. Reiske. *Lipsiæ*, 1774, 10 vol. *in*-8. v. éc.

Demosthenis & Æschinis opera, gr. & lat. edente Taylor. *Cantabrigiæ*, 1769, 2 vol. *in*-8. v. f.

Dionisii Halicarnassensis opera omnia, gr. & lat. ex recensione Jo. J. Reiske. *Lipsiæ*, 1774, 6 vol. *in*-8. v. éc.

Tatiani oratio ad Græcos, gr. & lat. stud. Wil. Worth. *Oxoniæ*, 1700, *in*-8. v. f.

Poliæni Stratagemata, gr. & lat. cum notis variorum. *Lugd. Bat.* 1691, *in*-8. v. f.

Polybii Historiæ, cum notis variorum, gr. & lat. *Vindobonæ*, 1763, 3 vol. *in*-8. v. m.

Claudiani quæ extant, cum notis variorum, *Amstelodami*, 1665, *in*-8. v. b.

Xenophontis opera omnia, gr. & lat. edente Dodwello. *Oxonii*, 1703, 5 vol. *in*-8. m. r.

N°. XLIII. 25 *vol. in*-8. *dont*,

Homélies de S. Jean Chrysostôme, trad. par M. l'Abbé Auger. *Paris*, 1785, 4 vol. *in*-8. br.

Garsianus. Dres. sur prix.

Plutarchus. to have Ric. M.

Tatianus. Vill. n^tt

~~Poly~~ Polianus. Ric.

Polybius. AC. Ric. Barb. ps^tt

Xenophon. Barb. no^tt

ist du Manicheisme. Vill. ait Aug. ae

isocrates. Pref. li bean.

Demetrius Phalereus. M.

Œuvres complettes de Demosthene & d'Eschine, trad. par le même. *Paris*, 1777, 5 vol. *in*-8. br.

Les Œuvres de Plutarque, trad. par Jacques Amyot, avec les notes de M. l'Abbé Brotier. *Paris*, 1783, 20 vol. *in*-8. br.

Il manque les tomes 9, 12.

N°. XLIV. *33 vol. in*-4. *dont*,

Breviarium Parisiense. *Parisiis*, 1736, 4 vol. *in*-4. v. m.

Tela Ignea Satanæ, J. Christ. Wagenseilius edidit. *Altdorfi Noricorum*, 1681, 2 vol. *in*-4. v. b.

Mémoires concernant les Impositions & Droits en Europe. *Paris*, 1768, 4 vol. *in*-4. br.

Histoire du Manichéisme, par de Beausobre. *Amsterdam*, 1734, 2 vol. *in*-4. v. m.

Les Histoires de Maimbourg. *Paris*, 1686, 14 vol. *in*-4. v. b.

Isocratis orationes, &c. Græce. *Venetiis, in ædibus Aldi*, 1513, *in-fol.* vel.

Demetrius Phalereus de Elocutione, gr. & lat. *Glasguæ, Foulis*, 1743, *in*-4. m. r.

Demosthenis orationes de Republica, gr. & lat. cum notis J. Vinc. Lucchesini. *Romæ*, 1712, *in*-4. vel.

Les Essais de Michel de Montaigne. *Paris*, 1725, 3 vol. *in*-4. v. m.

N°. XLV. 40 *vol. in*-8. *dont*,

Histoire de la décadence & de la chûte de

l'Empire Romain, trad. de Gibbon, par M. de Septchesnes. *Paris*, 1777, 3 vol. *in*-8. vel. verd.

Isocratis opera omnia, gr. & lat. edidit At. Auger. *Parisiis*, 1782, 3 vol. *in*-8. vel. verd.

Œuvres d'Isocrate, trad. par M. l'Abbé Auger. *Paris*, 1781, 3 vol. *in*-8. vel. verd.

Lysiæ opera omnia, gr. & lat. edidit At. Auger. *Parisiis*, 1783, 2 vol. *in*-8. vel. verd.

Œuvres de Lysias, trad. par M. l'Abbé Auger. *Paris*, 1783, *in*-8. vel.

Discours de Lycurgue, d'Andocide, &c. trad. par le même. *Paris*, 1783, *in*-8. vel. verd.

Platonis Dialogi V, gr. & lat. recensuit Nath. Forster. *Oxonii*, 1765, *in*-8. vel. verd.

Œuvres de Demosthene & d'Eschine, trad. par M. l'Abbé Auger. *Paris*, 1784, 3 vol. *in*-8. vel. verd.

Les quatre Poëtiques d'Aristote, d'Horace, &c. trad. par l'Abbé Batteux. *Paris*, 1771, 2 vol. *in*-8. vel. verd.

Æschyli Tragœdiæ, gr. & lat. *Glasguæ*, *Foulis*, 1746, 2 vol. *in*-8. v. m.

Sophoclis Tragœdiæ, gr. & lat. *Glasguæ*, *Foulis*, 1745, 2 vol. *in*-8. v. m.

Anacreontis Teii Odæ, gr. & lat. edente H. Stephano. *Lutetiæ*, *H. Stephanus*, 1554, *in*-4. m. r.

Plutarchi quæ extant opera, gr. & lat. *Excudebat H. Stephanus*, 1572, 13 vol. *in*-8. m. viol.

Les 4 poétiques. Vill. 6[t]

Aeschylus. Prf. mh[t].

anacreon. Bibl. du R.

Theocritus. AC.

Minucius felix. AC. + 2

Gr. ling. Dialecti. Ric.

Theocritus. M.

N°. XLVI. *39 vol. in-4. & in-8. dont,*

Theocriti Reliquiæ, gr. & lat. cum Scholiis Græcis, edidit Jo, Jac. Reiske. *Viennæ*, 1765, *in*-4. v. éc.

Dicta Poetarum quæ apud Stobæum extant, gr. & lat. edente H. Grotio. *Parisiis*, 1723, *in*-4. v. b.

Sophoclis Tragœdiæ, gr. & lat. cum Scholiis Græcis, *Excudebat P. Stephanus*, 1603, *in*-4. vel.

Titi-Livii Historiæ, cum notis variorum. *Amstelodami*, 1665, 3 vol. *in*-8. v. b.

Xenophontis de Cyri Expeditione libri VII, gr. & lat. recensuit Th. Hutchinson. *Oxonii*, 1745, *in*-8. v. m.

Ejusdem Xenophontis memorabilium Socratis dictorum libri IV, gr. & lat. recensuit Bolton Simpson. *Oxonii*, 1749, *in*-8. v. m.

Platonis de Republica libri X, gr. & lat. edidit Ed. Massey. *Cantabrigiæ*, 1713, 2 vol. *in*-8. v. b.

M. Minucii Felicis Octavius, ex recensione Jac. Ouzelii. *Lugd. Bat.* 1652, *in*-4. v. f.

Græcæ Linguæ Dialecti, ex recensione J. F. Reitzii. *Hagæ Comitis*, 1738, *in*-8. v. m. ch. mag.

De Græcis illustribus linguæ Græcæ Instauratoribus, auctore H. Hodio. *Londini*, 1742, *in*-8. v. éc. ch. mag.

Nova Clavis Homerica opera Jo. Schaufelbergeri. *Turici*, 1761, 4 vol. *in*-8. br.

Theocriti quæ extant, gr. & lat. *Glasguæ, Foulis*, 1746, *in*-8. vel.

Histoire des Conclaves. *Cologne*, 1703, 2 vol. *in*-8. fig. v. b.

Histoire Evangélique, par Dom Pezron. *Paris*, 1696, 2 vol. *in*-12. v. b.

Herodiani Historiæ, gr. & lat. *Oxoniæ*, 1704, *in*-8. rel. en cart.

Æschyli Tragœdiæ, gr. & lat. *Glasguæ*, *Foulis*, 1746, *in*-4. v. m.

Simplicii Commentarius in Enchiridion Epicteti, gr. & lat. *Lugd. Bat.* 1640, *in*-4. v. m.

Réflexions morales de Marc-Antonin, trad. par Dacier. *Paris*, 1691, 2 vol. *in*-12. v. b.

N°. XLVII. 28 *vol. in*-4. *dont*,

Histoire Littéraire de la France. *Paris*, 1733, 10 *vol. in*-4. v. m.

Politique tirée de l'Ecriture Sainte, par Bossuet. *Paris*, 1709, *in*-4. v. b.

Histoire des grands chemins de l'Empire Romain, par Bergier. *Bruxelles*, 1728, 2 vol. *in*-4. v. b.

Lactantii Firmiani opera, recensuit Nic. Lenglet du Fresnoy. *Lut. Paris.* 1748, 2 vol. *in*-4. v. m.

Histoire de la nouvelle France, par Charlevoix. *Paris*, 1744, 3 vol. *in*-4. v. m.

N°. XLVIII. 23 *vol. in*-4. *dont*,

Histoire Ancienne, par Rollin. *Paris*, 1740, 6 vol. *in*-4. v. m.

Histoire Romaine, par le même. *Paris*, 1752, 8 vol. *in*-4. v. m.

Hist. Evangelique. Bleu.

Eschyle. M.

Marc Antonin M. le Jozevar... 6#

Grands chemins. AC.

Lactantius. AC.

Callymachus. Vill. mo^{tt}

S. Athenagoras. Vill. n^{tt}

Menandro. AC. M.

Histoire de Constantinople, trad. par Cousin. *Paris*, 1672, 8 vol. *in*-4. v. m. . . . .

N°. XLIX. 26 *vol. in*-4. *dont*,

Histoire des animaux d'Aristote, trad. par M. Camus. *Paris*, 1783, 2 vol. *in*-4. vel. verd. .

Histoire de la Russie, par M. le Clerc. *Paris*, 1783, 5 vol. *in*-4. fig. br. . . . . .

Histoire d'Herodote, trad. par M. Larcher. *Paris*, 1786, 7 vol. *in*-8. tirée sur papier *in*-4. br. . . . .

Histoire Naturelle de Pline, trad. par M. Poinsinet. *Paris*, 1771, 12 vol. *in*-4. br. . .

N°. L. 35 *vol. in*-8. *dont*,

La République des Hébreux. *Amsterdam*, 1705, 3 vol. *in*-8. fig. v. b. . . . .

Callymachi Hymni & Epigrammata, gr. & lat. *Londini*, 1741, *in*-8. v. m. . . . . .

Hesiodi Ascræi opera, gr. & lat. cum notis variorum. *Amstelodami*, 1701, 2 vol. *in*-8. v. b. . . . .

S. Athenagoræ legatio pro Christianis, gr. & lat. edente Ed. Dechair. *Oxoniæ*, 1706, *in*-8. v. b. . . . .

Menandri & Philemonis reliquiæ, gr. & lat. cum notis Jo. Clerici. *Amstelædami*, 1709. = Emendationes in Menandri & Philemonis reliquias, auctore Phileleuthero. *Trajecti ad Rhenum*, 1710, *in*-8. v. b. . . .

Quinti Calabri prætermissorum ab Homero libri XIV, gr. & lat. cum notis variorum. *Lugd. Bat.* 1734, *in*-8. v. éc.

Franc. Sanctii Minerva. *Amstelodami*, 1752, *in*-8. vel.

Actii Sinc. Sannazarii opera, cum notis variorum. *Amstelædami*, 1728, *in*-8. br.

Spicilegium SS. Patrum, gr. & lat. edente Jo. Ern. Grabe. *Oxoniæ*, 1714, 2 vol. *in*-8. v. m.

Euripidis Tragœdiæ, gr. & lat. studio Guil. Canteri. *Antuerpiæ*, *Plantin*, 1571, *in*-18. m. bl.

Oratores Græci, Græcè, edente Jo. Jac. Reiske. *Lipsiæ*, 1770, 10 vol. *in*-8. br.

Lu & approuvé, à Paris, ce 19 Avril 1788.
Signé, MERIGOT le jeune, Adjoint.

oratory. Ric.

Les Livres seront exposés dans l'ordre qui suit :

Lundi 28 Avril.

Les Nos. 38, 46, 29, 25, 17, 20, 40, 3, 2, 18. . . . . 1145 ... 2

Mardi 29.

Les Nos. 39, 34, 16, 43, 44, 37, 24, 12, 10, 11. . . . . 1641 .. 9

Mercredi 30.

Les Nos. 33, 41, 35, 45, 23, 26, 27, 8, 14, 13. . . . . 2055 .. 13

Vendredi 2 Mai.

Les Nos. 36, 42, 22, 5, 7, 1, 19, 28, 30, 21. . . . . 3105 ... 14.

Samedi 3.

Les Nos. 50, 47, 48, 49, 31, 32, 9, 4; 15, 6. . . . . 4515 ... 19

Au commencement de chaque vacation on vendra des bons Livres, que le peu de tems que l'on a eu, n'a pas permis de détailler.

12463 ... 17

www.ingramcontent.com/pod-product-compliance
Ingram Content Group UK Ltd.
Pitfield, Milton Keynes, MK11 3LW, UK
UKHW021141230726
13926UKWH00002B/887

9 782014 109139